PARA QUE SE FAÇAM SEMPRE OS DIAS E AS NOITES

Denis Rafael Ramos

PARA QUE SE FAÇAM SEMPRE OS DIAS E AS NOITES

Copyright © 2020 Denis Rafael Ramos
Para que se façam sempre os dias e as noites © Editora Reformatório

Editor:
Marcelo Nocelli

Revisão:
Marcelo Nocelli
Elieser Baco (EM Comunicação)

Imagem de capa:
"A leitora" (óleo sobre tela) de Augste Renoir, 1875

Design e editoração eletrônica:
Karina Tenório

Dados Internacionais de Catalogação na Publicação (CIP)
Bibliotecária Juliana Farias Motta CRB7/5880

Ramos, Denis Rafael.
    Para que se façam sempre os dias e as noites / Denis Rafael Ramos. – São Paulo: Reformatório, 2020.
    86 p.: il.; 14x21 cm.

    ISBN: 978-65-88091-03-9

    1. Romance brasileiro. I. Título.
R175p   CDD B869.3

Índice para catálogo sistemático:
1. Romance brasileiro

Todos os direitos desta edição reservados à:

Editora Reformatório
www.reformatorio.com.br

A meus pais, Ellen e Perci, e meus irmãos, Denise e Douglas.

E em ronda arrebatada e eterna
Gira o esplendor do térreo mundo;
Radiante luz do céu se alterna
Com mantos de negror profundo;
Ao pé da rocha a fúria vasta
Do mar espuma pelas eras,
E rocha e mar consigo arrasta
O curso infindo das esferas.

(Goethe)

I. Há sobre todas as coisas um ninho de ressentimentos, 11

II. Na mente, morada das recordações, os dias não têm começo nem fim, 15

III. Os propósitos e as resoluções não assediam a inocência, 27

IV. As tentações do cordeiro desenganado, 39

V. Se os jeitos treinas amiúde, todo o mundo tens à porta, 47

VI. Não chore, violado, o tenro ser, 53

VII. A morte, ilustre sombra fugitiva, espera em toda parte, 61

VIII. Depois de tudo a primavera, de aromas, cores, campos vastos, 65

IX. Em todo tempo a indecisão precede o passo, 69

X. O final é também princípio e a eternidade é recomeço, 79

I. HÁ SOBRE TODAS AS COISAS UM NINHO DE RESSENTIMENTOS

> *"Come chocolates, pequena;*
> *Come chocolates!"*

Na véspera do seu casamento, de pé sob o crepúsculo e sobre todos os anos vividos, que não são muitos (quiçá sejam aí só a metade dos que ele terá no fim das contas), era esta sentença, *"Come chocolates, pequena"*, que lia uma vez mais o casmurro Nazaré; e foi neste instante que o táxi surgiu diante dele. Sentou-se ao lado do motorista, a contragosto disse boa tarde e anunciou o destino: a confeitaria onde havia de encontrar o seu irmão Florindo. Retomou a leitura, mas não pôde mais concentrar-se, tampouco pôde avançar nos versos, porque a candura da sentença incutiu-lhe na mente, em tão consistente substância, a imagem da irmã, como aliás costuma ocorrer toda vez que se põe a lê-los — e agora, no interior apertado do carro, mais parecia ela um enorme penduricalho a impedir-lhe a vista de toda a paisagem que corria lá fora.

Manoela ou Manu: eram esses os dois nomes da primogênita por todos idolatrada e que há muito libertara-se dos seus traços de criança, apesar de insistir em aparecer-lhe assim tenra, em imagens impossíveis de poeta. Não podendo absorver a leitura nem a paisagem, Nazaré seguiu viagem guiado pelas recordações que a irmã trazia.

II. NA MENTE, MORADA DAS RECORDAÇÕES, OS DIAS NÃO TÊM COMEÇO NEM FIM

Ainda hoje, Nazaré pôde entregar-se ao curso tranquilo da manhã que Deus concedeu para o feriado. Dessas manhãs limpas e tão comuns que por vezes foram-lhe confiscadas pelas obrigações inadiáveis. Colocou a água do café para ferver, o último ensaio solitário de estar-se vivo, e foi observar uma senhora que, de sua janela pequena e sem cor definida, acenava para uns passantes com quem partilhava o sol que raiava longe e vagaroso. Tudo o que se podia ver: os quintais e portões, as folhas no meio-fio e a água suja que as banhava, os correios vazios, os automóveis, os cães e os pássaros, os passantes, o sol nascente, tudo estava exibido em cores pujantes, exceto a mulher e a moldura que a guardava.

Às dez e meia, ela recolheu-se para consumar a manhã alegre, encurtando-a para evitar qualquer evento inesperado que viesse a entristecer o resto do seu dia, sem saber que consumava a manhã também para o vizinho.

Nazaré voltou a atenção para a água que resistia fervendo, e, observando a ebulição, foi se afastando da manhã inacabada, ponderando que se por qualquer súbita e inexplicável maldição eles fossem condenados a permanecer em suas janelas desde hoje até a morte, ainda assim os fatos continuariam a suceder no entorno. E para eles tudo seria apenas a observação da sucessão de coisas de um mundo soberbo, duradouro, real antes e depois dos mortais limites do homem e que, portanto, não pode haver senão fora de si (pois o que impulsiona a genuína sucessão não é espera nem contemplação – esta, a lava ardente concebida por toda alma e que preenche o homem até inundá-lo dentro, sem transbordá-lo; e a espera, a contemplação em seu estado primeiro: o vulcão em repouso). E é, com efeito, o que ocorre bem agora: o sol e a lua no revezamento notório e ininterrupto para que se façam os dias e as noites infalíveis para o mundo.

Avançou no perigoso mar das lembranças; deteve-se quando voltava da confeitaria, caminhando sob certa noite fresca a ver cessar o resto de chuva brilhante. Tirava do casaco um saquinho de castanhas quando notou à frente uma equipe de socorristas num esforço nobre, mas inútil, para manter vivo um pedestre atropelado. Viu mãos treinadas a comprimirem o tórax da vítima, viu as suas manifestações de dor, viu os fios de sangue a lhe escaparem pela nuca e pelos joelhos. Sentindo-se horrorizado, devolveu as castanhas ao casaco e retomou o caminho. Durante meses carregou consigo a convicção de que, no instante em que tencionava comer castanhas, a vida que se dissipava com o sangue no asfalto era toda vida possível no universo; e o universo muito em breve se extinguiria porque aquele corpo, mesmo um corpo desconhecido desligara-se depois da chuva. No entanto, o mundo continuou e hoje ele pôde se entregar às horas tranquilas da manhã que Deus concedeu para o feriado. Rumou para as águas desabrigadas, lembrou de quando era só um menino e, levando a encomenda da mãe anotada na palma da mão direita, aguardava vigilante e empoeirado na fila do matadouro que havia na estrada de terra batida pela qual os lavradores e os seus podiam chegar à cidade. Naquele dia, embora o afligisse um calor impiedoso, Nazaré era capaz de distinguir todos os sons que denunciavam a matança dos javalis, desde os inocentes grunhidos até o grito mais desesperado. Apesar da angústia, também porque a terra lhe queimava muito os pés, ele observava admirado a habilidade com que o açougueiro chegava rápido aos preços dos cortes, necessitando pouquíssimo tempo para avaliar as informações no mostrador da balança e na tabela vigente. A admiração tornou-se um verdadeiro encantamento, pois não conseguia imaginar quão mais complexa era a fórmula utilizada para se obter os preços antigamente, quando as mercadorias eram medidas em pesadas balanças de pratos. E antes da invenção da balança, pensava, havia um método determinado? Ou, sendo improvável que os açougueiros se sujeitassem a algum prejuízo, vendiam as reses inteiras com as entranhas dentro? E como houvesse se libertado do feitiço no momento em que foi atendido, já não encontrava nenhuma justificativa para a matança. Nem o almoço lhe pareceu um motivo.

Em outra ocasião, quando era mais tenro, Nazaré estava a observar detidamente um retrato que o exibia na sala impreciso, desprovido de traços capazes de impressionar, porque feito sem nenhum esforço. Sendo ele o caçula, o pai o pregara sob a moldura que, com muito mais alegria, sustentava a fotografia conjunta de Florindo e Manoela. Reparava que eles distribuíam milho a pombos que habitavam uma praça da qual pareciam ser os próprios e únicos donos, tal a riqueza do cenário. Os retratos eram os mesmos desde sempre, mas então se apossou dele, talvez porque parecesse na parede menos criança do que os outros, um vazio de cores de praça, de pombos, de árvores e de folhas caídas.

A essa altura é preciso deixar aqui registrado que, muito embora tudo isso que se narra sejam as próprias recordações de Nazaré, ele desconhecia o elo natural que o unia a seus irmãos e que prevalecia sobre o propósito da disposição das fotografias. Desconhecia a gênese determinada em seus primeiros anos, quando iniciavam nas trincheiras da meninice e recorriam ao quarto amarelo de Manoela, porque ali não ressoavam as discussões noturnas dos pais.

Discussões que o pai provocava por voltar da lida sempre muito tarde e cheirando a bebida, a família reunida na sala, à espera, a mãe a dedicar-se às costuras, as panelas mantidas à mesa mais por comiseração que por respeito. O pai ia tateando as paredes para conduzir o corpinho ressecado até o banheiro, humilhado em sua embriaguez. A mãe suspendia as costuras e o seguia a admoestá-lo, dizendo que já não havia estômago que suportasse o cheiro impregnado em toda a casa. O pai retrucava pouco, e quando finalmente acessava o banheiro dizia que feder era uma necessidade. Não houve um único dia em que eles falharam em qualquer detalhe. Tudo acontecia sem nenhuma variação. E naturalmente os filhos não tinham discernimento para avaliar se as breves e recíprocas provocações significavam um prenúncio de desgraça ou, antes, eram como um acordo por força do qual prestavam um ao outro as contas de um íntimo sofrimento.

O quarto amarelo era o único lugar imune ao mau-cheiro do pai. Nele, os filhos podiam seguir com as brincadeiras e os estudos até adormecerem. Nas madrugadas, Florindo e Nazaré sentiam o colo da mãe a carregá-los para as suas camas. Não havia nada que lhes refutasse a certeza de que o pai morreria sem conhecer todos os cômodos da própria casa. E a certeza tinha lá a sua justeza, pois no quarto de Manoela exalava, sem nenhum intervalo, como um incenso infindável, o inocente perfume dos lençóis e dos ursinhos. Estranhamente, era um quarto incompatível com o resto da casa, uma área demarcada de modo pacífico, portanto intransponível, e revestida de uma delicadeza definitiva e inviolável. Os filhos não tinham consciência da inviolabilidade do quarto amarelo, mas o pai, por sua vez, dela não podia desvencilhar-se.

Quando os filhos já tinham os costumes por um sólido princípio, houve uma noite em que a mãe finalmente decidiu investir contra a vergonha que o marido trazia ao lar e, no quarto maior, ensaiou a primeira desunião: afastou a cama que com ele partilhava, aproximou as camas dos meninos de modo a torná-las apenas uma segunda um pouco maior, preencheu com lençóis o vão entre os colchões e passou a pernoitar entre eles. Os lençóis escolhidos foram os velhos, pois ela sabia que para os filhos tanto mais a paz lhes eriçava a pele durante o sono quanto mais familiar fosse o cheiro dos lençóis; embora Florindo e Nazaré tivessem, por sua vez, a impressão de que era para a mãe, a única merecedora, que os lençóis traziam a verdadeira paz. A razão acudia à prole, a quem o que os lençóis introduziam era um misto de compaixão e culpa, pois sabiam serem lavados pelas próprias mãos da mãe, talvez a causa maior da ausência de couro nas juntas dos seus dedos. Realmente, o cheiro bom de lavanda que exalavam os lençóis velhos era fruto de um amor que não admite renúncia: o amor propriamente materno. Quando notou a mudança, o pai não manifestou aprovação nem reprovação, mas fez o que julgava mais adequado: tomou para si a obrigação de rogar a paz em favor da mulher, pondo-se em oração todas as noites ao pé da cama para suplicar a Deus que perdoasse o abandono. De joelhos na escuridão, ignorava que ela já havia abdicado em favor dele próprio e dos filhos o quinhão de paz que lhe coubesse.

Florindo e Nazaré encorparam rápido, a mãe, então, migrou para a sala e o pai passou a protestar argumentando que, tornando-se já inviável que a esposa dormisse na companhia deles, era loucura impor-se a si mesma a solidão como alguém a impor-se um castigo eterno, e ela perseverava em sua íntima convicção, e por isso ele passou a se antecipar ao sol todas as manhãs exigindo que a esposa reconsiderasse, gastando argumentos de toda ordem para retirar-se em seguida para o trabalho, sem contudo ter agravado os protestos com ameaças. Os anos passaram a correr assim, entre orações e protestos. E da música desse tango casto Manoela, Florindo e Nazaré só podiam ouvir os sons das armas.

Mas, ao final do dia, depois de terem vencido os dragões, encontravam mais alegrias no quarto amarelo, ocupando-se com os cadernos de colorir. Guiavam-se pelos indicadores a ligar pontos com um lápis ou com os olhos. E assim descobriam e coloriam desenhos com um sorriso vitorioso. E porque não tinham o espírito suficientemente gasto, eram incapazes de cogitar que os desenhos jamais seriam por eles descobertos, permanecendo para sempre em segredo, se lhes fossem ocultados os indicadores; que, neste caso, os pontos só poderiam ser ligados a partir de um raciocínio rebelde e livre de inspiração lógica, que validasse a desordem mesma segundo uma sequência muito particular e improvisada; pena de saírem a anunciar, quem sabe, a descoberta de saborosas fagulhas incandescentes na primeira página e na seguinte uns quantos quilos de alpiste entornados de um caminhão sem rumo e o sol rodeado de estrelas noturnas na página oitava, e na última, um enxame de abelhas-rainhas a formar a copa de um sobreiro. Bem assim, e se a ingenuidade, característica que sobra, pela pouca vivência, não só às crianças como igualmente a homens forjados, não lhes tolhesse o discernimento, saberiam que todas as coisas obedecem às manifestações do tempo. E então distinguiriam um que, sendo implacável, pode ao menos ser notado, e é o nosso próprio: o tempo que se usa, que se conta, que se espera. A firme viga dos segundos e dos minutos e das horas. Um tempo que de ano em ano, de estação em estação vai conosco de braços a nos adiantar as manias da morte para que a conheçamos e aceitemos como o fim inexorável. O tempo que corre conosco sobre os trilhos de duro aço que levam ao porvir. Olha, Nazaré! Vês a morte? Olha! Lá está ela, sabe-nos todos de antemão e espera-nos friamente. Vês tu que não há nenhum remorso? No entanto, seguimos, pois não haverá resignação senão no último dia do último inverno, quando descansarmos, ao final, no último dos dormentes. Então tudo continuará. E assim é porque há também o tempo chamado alheio. A amplidão. Um tempo maior cujo curso não percebemos e que prescinde do nosso próprio tempo. É ele que divide, que demarca, que põe fendas invisíveis nas paredes, que dá azo à sucessão e, assim sucessivamente, à eternidade. Tempo indecente que faz multiplicarem as flores vigorosas na primavera, depois as gotas geladas na monocromia do inverno. Seus incontáveis fragmentos são insuscetíveis de graduação, pois desconhece-os a cronologia. Nunca se lançam numa única direção, nem aguardam vez em fila circular organizada dentro de uma cela pavorosa. A esse outro tempo ninguém atribuirá ansiedade nem calafrio, pois não é por seus propósitos desconhecidos que se imputaria pontualidade, atraso ou antecipação. É um anjo, poderia sugerir a criatividade rebelde dos irmãos, um anjo desses que não se deixam perceber e por isso não há quem os certifique, que carregam consigo delicadas cestas de vime por cujas frestas vão escapulindo coincidências a colorir o previsível plano das convenções humanas.

No exato dia de seus sete anos, a família à mesa para o almoço, Nazaré dirigiu aos pais um pedido jamais pensado por ninguém: que o levassem até a praça dos pombos. Surpresos e sem entender o que propunha o caçula, os pais olharam-no indiferentes, sem feição nem palavra. Nazaré, já mastigando o seu pedaço de carne, suplicou com os olhos o reforço dos irmãos. O pai não compreendia a urgência e permaneceu calado. A mãe decidiu falar para consolo, e tentou convencê-lo de que aquele lugar talvez já nem existisse como o imaginava. E concluiu: "As cidades vão evoluindo, sabes?".

De todos os dias daquele ano, foi o do aniversário de Nazaré que a família comemorou com o almoço mais breve. E a mãe não economizou esforço para convencê-lo de que a brevidade da ocasião não devia torcer-lhe o ânimo tanto que o fizesse chorar. Será possível enveredar para os canteiros mais remotos da memória e podar os ramos espinhosos? Se a alguém for concedida essa sorte aparente, não seria o tempo, e apenas ele, a foice com que executar a poda? Ou o tempo já não os terá calcificado antes?

III. OS PROPÓSITOS E AS RESOLUÇÕES NÃO ASSEDIAM A INOCÊNCIA

Nazaré deixava a casa nos primeiros dias de seus quatorze anos para dar-se ao mundo em olhos expressivos, nervos ágeis, músculos em relevo e ossos alongados: a perfeita estrutura sob a pele empoeirada de criança crescida e gasta pelo sol. Era a primeira vez que pisava a estrada para nada (pois o que trazia na mente eram motivos e temores ainda em esboços baralhados). Como um doido, cogitava haver muitos perigos nas margens, atrás dos sobreiros. Como se o caminho tão conhecido por toda gente tivesse falhado na secura e se transformado de repente em um pântano terrivelmente lamacento. Quando no turbilhão os temores se faziam mais vibrantes do que os motivos, procurava distrair-se pisoteando ou atirando contra os pássaros acerolas que cozinhavam à margem do caminho; e tentava manter os sentidos alinhados com o que ali havia de mais belo e familiar: o céu em azul quase amarelo, a água a correr entre os arbustos, as sombras dos sobreiros alongadas no chão, os pássaros e lagartos, as formigas em fila rigorosa, o vento a soprar espaçado: se vinha lhe afagar a cabeça, levantava os braços até a altura dos ombros para senti-lo melhor. Mas, o que podia sentir de mais intenso era a inculta estrada demasiado quente sob os pés; e persistindo nela, desafiava-os a resistirem.

Antes, quando tudo era ainda um plano íntimo, não havia nada que o inspirasse mais que a esperança capenga, que julgava bastar para os dias futuros. E como o Davi audacioso, dispensaria tudo quanto lhe parecesse exagerado: um calçado que durasse décadas ou roupas para dias muito frios, e também sonhos que sabia inalcançáveis. Cingir-se-ia apenas com a sua recente emancipação, a esperança a germinar e o que havia de mais tangível: os pés, esses órgãos conhecedores de tudo, a base aderente de toda exploração humana. Tencionava nova vida, como se a ele fosse possível apagar todo o passado para iniciar-se em uma completamente distinta. Agora, porém, os temores eram muitos e o espírito hesitava. Talvez devesse ter calculado com mais cuidado as preocupações que a mãe expôs quando conversaram última vez sobre o assunto:

...

— Vou-me embora terça-feira.

— Tens as certezas? – Perguntou a mãe, que por óbvio sabia não haver nenhuma.

Ela se referia às certezas verdadeiras, que habitam o passado e respaldam as enciclopédias. Aquelas devidamente mumificadas como biscoitos esquecidos no fundo de um armário. Pois, assim como o futuro, o presente é o desconhecimento de tudo, sendo impossível haver uma única certeza sequer sobre o que ocorrerá mesmo no átimo dos movimentos mais simples, involuntários e elementares do corpo. Vê: se piscas, fechas os olhos não sabendo se depois os terá abertos; pois respirando, como sabes se depois de expelir o ar dos pulmões terá o fôlego de vida necessário para inspirá-lo outra vez? Vês? Agora mesmo, quando lês as últimas aspas depois do "lês": tudo isto é o passado imutável e já não existem certezas no mundo. E as tens assim a multiplicarem-se atrás de ti enquanto vives. Acontece que, sendo elas o combustível da alma, os homens descuidam e as esquecem no fundo do armário em vez de mantê-las à vista. E por vezes esquecem para sempre, aceitando algum sentido em estarem só a respirar enquanto dedicam toda a vida a buscá-las em cada átimo. Nazaré não sabia nada disso; e respondeu:

— Agora, mãe, tenho só a certeza da partida. Mas, é o que basta e já é hora. Temos de nos mudar para a cidade, aqui não há nada a dar alegrias nem a ti, nem a mim, nem a meus irmãos.

— Meu filho, se não tens as certezas, não tens a alma pronta. Tu sabes que depois dos dias vêm as noites; e a energia do corpo tu só desperdiças se não levas também a alma pronta. Não tens lá lugar onde morar, não tens dinheiro, não terás a família como tens aqui. É preciso prudência, que a vida não é previsível como um relógio, nem definitiva como o passado.

— Mãe, se dou agora razão para te preocupares, que eu te dê igualmente logo as respostas. Sabes que há um mundo inteiro e ele lá está para todos nós.

— Bem, se esta casa não basta e se estás assim decidido, vai para que não acabes aqui igual a teu pai.

Nazaré sabia a dor que provocava e quis amenizá-la:

— Vais ver, mãe, se não seremos felizes.

Ela fingiu concordar, pois em si mesma era incapaz de aprovar a resolução do filho. Vendo nele, porém, certo amadurecimento, aceitou a aflição nunca revelada das mulheres a quem inevitavelmente os filhos escorrem dos braços para mundo; e abençoou-o:

— Que Deus te proteja. – Sentindo esvaziar-se a sua autoridade neste instante em que a devolvia aos céus, usou o que dela restava para uma derradeira imposição:

— Leva os chinelos e o lençol.

E foi às costuras.

Nazaré não levava consigo chinelos nem lençol. E foi à força de muita insistência que aceitara um punhado de castanhas, último adeus da mãe. Embora avançasse pela estrada ainda resoluto, os temores eram muitos e multiplicavam-se como insetos inofensivos que, apesar disso, impressionam quando vistos em colônias; e ficavam cada vez mais distantes os motivos que o norteavam até ali.

Quando chegou na altura do matadouro, reconheceu haver muita diferença entre a estrada acostumada, por onde levava as encomendas que lhe garantiam o que comer, e a outra que continuava para a cidade, embora fossem elas uma única: esta, por onde, agora, ele rumava ao encontro de algo que desconhecia por completo.

Para ganhar tempo, entrou no matadouro no meio da tarde, sob o céu já amarelado. Se fosse necessário, simularia estar ali por ordem da mãe, a quem devia levar a carne para o jantar. Não havia ninguém além do açougueiro, que se ocupava com a preparação de um javali recém-abatido. Nazaré enfiava-se atrás de escoras e pilares de madeira, mas faltava-lhe a destreza dos ladrões. Conseguiu manter-se escondido por pouquíssimo tempo e, ao latido inesperado que veio do canil, não soube mais como comportar-se.

— Anda, menino! – Disse o açougueiro quando notou a presença de Nazaré, provocando-lhe no rosto uma cor de tomate maduro. E continuou: — Que fazes aqui? Viestes a alimentar o cão? Olha bem, que se não te cuidas ele te janta num segundo.

Havia muita confusão em Nazaré e ele se sentia incapaz de falar. Tencionava seguir caminho para a cidade, como planejara, mas tinha a alma frágil e adormecida. E retornar ao seio da família era uma hipótese que rejeitava, imbuído do seu senso de dever. Desistiu de inventar a encomenda, ou não se lembrava. Já sem o rubro ardente a denunciar-lhe o constrangimento, permaneceu calado desejando que o açougueiro adivinhasse a angústia e o acolhesse ali ao menos aquela noite, pois decerto terá recobrado o ânimo pela manhã.

— Bem, se não viestes a falar nem alimentar o cão...

O açougueiro entregou-lhe um machado que estava deitado sobre um balcão. Era pesado e tinha o fio uniforme e luminoso, em nítido contraste com a massa suja e desgastada do metal. Quando Nazaré ensaiou uma hesitação, o açougueiro apontou para o javali pendurado e sem sinal de vida, exceto pelo insistente brilho dos olhos arregalados. Nazaré tinha o corpo compatível com o peso do machado, mas tremeu e quase o derrubou no chão empoçado de sangue morno.

— Vem, ajuda-me... anda, filho, que logo o sol se põe e esse porco fica aí a ressecar! Mete o machado no peito, que o resto aprendes praticando.

O açougueiro retirou-se indicando a Nazaré as botas de couro esquecidas ao pé do balcão. Ele calçou-as desajustado e com muita dificuldade, mas sem protestar, o machado perigosamente deitado ao colo. Levantou-se em seguida e pôs-se de pé diante do javali, o machado, agora, preso às mãos inseguras. Sem perceber, pisava o sangue que terminava de escorrer e em torno do qual as moscas voavam desordenadas. Começou a estudar o bicho a partir do gancho enfiado no pescoço e enjoou quando viu aberto o enorme talho na garganta. Num esforço involuntário, agarrou com mais firmeza o machado e encarou os olhos que o tempo apagava solenemente. Os olhos imóveis estavam ali semelhantes aos do pai, na noite em que o encontrara suspenso por um lençol amarrado a um sobreiro.

Era uma noite alegre, todos na sala à espera, as panelas ainda na mesa. Quando os filhos adormeceram, a mãe percebeu uma ausência que se fez evidente, e num milésimo de segundo, esse espaço de tempo que nem precisava existir, o sopro frio dos piores avisos entrou e saiu da casa pelas janelas. O marido não retornou e a noite entristeceu. A mãe foi tomada por uma apreensão desesperada, largou as costuras e saiu com os filhos para as buscas urgentes. Rumou com a Manoela e o Florindo pela estrada, para aquela mais longa e difícil, e delegou ao Nazaré a procura no atalho. Nazaré logo descobriu o pai; e demorou a compreender o significado da cena, pois lembrava a sua própria fotografia sem cores, como se tivesse fugido da parede para ir exibir-se ali sob o sobreiro. Virou-se um instante para comunicar o ocorrido à família, mas não encontrou ninguém. Continuou ali em silêncio, a observar os detalhes; e à medida que o tempo passava o rosto do pai ia adquirindo uma feição cada vez mais familiar, os olhos parecendo ainda vivos, o cheiro de bebida presente. Havia naquele momento uma certa intimidade jamais partilhada entre eles. Finalmente podiam falar um ao outro o que até então mantinham guardado em pensamentos. Eles conversavam com os olhos, mas só Nazaré chorou. Chorava e chorava e não teve coragem de abraçá-lo. E como não aguentasse mais o peso da carga na alma aflita, quis confortar-se no que era possível e sentou-se a revolver a terra para acalmar as mãos. Quando a mãe e os irmãos chegaram, choraram também toda lágrima que havia dentro deles. Depois, cuidaram do resto: prostraram-se para a última prece e despenduraram o corpo em seguida para devolvê-lo ao pó.

Fitando os olhos do javali, Nazaré via o próprio pai pendurado. Pediu aos céus uma coragem jamais concedida a ninguém e que imaginava impossível. Pela manhã, o sol a raiar em silêncio, jurara à mãe devolver à família os seus dias verdadeiros, que eram os mais felizes. Devia ir logo entregar-se ao mundo.

De um ímpeto, ergueu o machado à altura que julgava suficiente e deitou-o contra o peito com uma força que o rasgaria por inteiro se o golpe tivesse sido desferido por mãos mais firmes. O machado abriu um grande buraco no javali, pelo qual jorrou sangue fresco. Nazaré sentiu o seu corpo umedecer e levou uma mão ao rosto a limpar o sangue, como limpasse lágrima ou suor. E encolheu-se em seguida, largando o machado no chão.

Tendo notado a inaptidão do ajudante, o açougueiro veio ensiná-lo a descarnar. Ficaram ali a trabalhar noite adentro e, quando reduziram todo o porco a pedaços de carne, Nazaré recebeu umas moedas em pagamento. O açougueiro ofereceu-lhe também as botas, que ele primeiro recusou, mas, no instante seguinte, cogitando que os pés se tornavam mais corajosos por causa delas, aceitou-as também, despedindo-se para retomar o caminho.

IV.
AS TENTAÇÕES DO CORDEIRO DESENGANADO

Se é verdade serem incontáveis as aspirações que podiam ter motivado a fuga – talvez a fama, a riqueza, a sabedoria, a consagração, os amores – é verdade também que, ainda rascunhadas, representavam apenas, por assim dizer, abstrações supervalorizadas. Por essa razão é que se diz que a glória maior, a plena consumação das expectativas, a apoteose – quando então se terá o universo inteiramente reconstituído conforme os anseios do fugitivo – é consequência da concretização de todas as aspirações. Ora, se não é mesmo ínfima a probabilidade de que os êxitos superem as frustrações! A aspiração mal dosada é veneno. Aos quatorze anos, Nazaré não compreenderia tais ideias duvidosas.

Tinha se arranjado no que restava de um pequeno hotel clandestino administrado por um velho que aparentava estar a finar-se pelos pulmões. Era um ajuntamento de quartinhos promíscuos e nunca lavados, e o que Nazaré habitava ia equipado apenas com uma pequena janela – que, se fechada, emitia incômodos ruídos metálicos, se aberta, dava para um muro putrefato (e bem no seu quinhão do muro alguém rabiscara este insulto dirigido a alguma hóspede que o precedera, em letras grandes e tinta morta, que, dia após dia, noite após noite, ano após ano o musgo ia cobrindo silenciosamente: "velha vaca puta") – e um colchão fedorento para sempre improvisado no chão. Em nada o lugar lembrava o quarto de Manoela ou do resto da casa. Houve noites em que sentiu a falta de um chuveiro, um espelho, um travesseiro ou um lençol. Contudo, alegrava-se todas as noites ao pagar pela moradia, pois ela lhe custava a menor parte do dinheiro que rendiam as entregas dos jornais, de modo que, pelas contas registradas no balanço semanal, sobrava-lhe ainda quantia suficiente para comer mais e melhor. As circunstâncias iam assim, de algum modo, se compensando.

Às duas e meia, uma cãibra na perna esquerda lhe interrompeu o sono da madrugada. Não relutou, mas levantou-se, vestiu bermuda e regata, calçou as botas e saiu já com a disposição para as entregas que iniciaria de manhã cedo. Sentou-se na soleira da porta do hotel e deu-se à atenta observação das minúcias da pouca vida que havia na avenida àquela hora, voltando a cabeça despenteada para um lado e para o outro, conforme a direção dos notívagos, cães e automóveis. Uma vez correspondia ao aceno de um bêbado que passava diante dele na calçada, e com um riso debochado encerrava a curtíssima amizade. Outra vez acarinhava um cão que se aproximava por qualquer coisa que comer, e não se atentando para a fome do animal, encerrava esta outra, enxotando-o dali. Passada meia hora, e talvez por um incorrigível descuido, foi tragado pelo sorriso malicioso de uma mulher que, vinda não sabia de onde, pusera-se numa das esquinas a dar-lhe mostras de irresistível autoridade, exibindo as pernas, o ventre, os braços, os ombros e o pescoço descobertos, acariciando o rosto nos espaços não preenchidos pelos cabelos longos que nele passeavam, como nunca antes houvesse estado ali tão próxima e tão vigilante – obra sedutora esculpida sobre a base do scarpin vermelho e detrás da carne assanhada do batom. Depois de algum esforço tentando se desvencilhar da tentação, Nazaré convenceu-se de nunca a ter visto antes, e isso foi quando um instinto perverso associou em sua mente a mulher e o insulto. A partir deste instante, um fogo estranho ardeu-lhe na região do abdômen e um desconforto jamais sentido começou a prosperar entre ânsias e calafrios. Sentia evoluir entre as suas pernas uma força nova que oprimia e não podia ser vencida com as habilidades de que dispunha. Era uma novidade assombrosa. Levantou-se e retornou ligeiro para o seu quarto; e julgando que o insulto, como tudo, era obra do diabo, fechou a janela. Mas a força crescia ferozmente, parecia querer romper o corpo do qual se apoderara. Nazaré passou a procurar por algo que lhe purificasse os pensamentos e percebeu que o quarto escasso não oferecia nada que desviasse os seus olhos das tentações. No instante mais extremo da angústia, cogitou que a solução fosse a morte, mas faltou-lhe coragem e instrumento com que executar o esboço trágico. Como por instinto, notou sobre o colchão o que parecia a providência mais tempestiva: os três jornais que lhe serviam de travesseiro. Tudo de que precisava era tempo para assimilar o que estava a ocorrer-lhe dentro. Tirou um jornal, deitou-se e, apesar de estar incapaz de se concentrar nas ideias, procurou ler cada letra e cada espaço entre as letras, que ao menos assim, pensava ele, alcançaria mais cedo ou mais tarde um cansaço invencível. Entretanto, antes do cansaço e do entendimento, Nazaré alcançou os anúncios de negócios, e entre eles havia os de muitas mulheres que ofereciam os serviços proibidos. Eram os próprios demônios que estavam ali o tempo todo a perscrutar os seus segredos. Todos eles elaborados com um enfeite comum e certeiro: "quente". Mulheres que ardiam, feitas mais de promessas exageradas, mas todas decididamente quentes, desconhecidas, abismos surgidos das profundezas para devorá-lo, como a sua força nova. Não percebeu quando foi que cedeu, mas, só depois de ter se entregado por inteiro ao seu próprio pecado original, só depois de ter abafado o grito reconquistou por fim o silêncio úmido do seu quarto.

Foi a primeira vez que se prostrou para uma prece atulhada de culpa. De joelhos na escuridão, sentia o corpo ainda aquecido e os olhos caídos no chão rogavam explicação para essa noite desgraçada. Não havia nas lembranças uma ocasião semelhante em que tivesse sido perturbado pelo mesmo mal. Não encontrou um vestígio sequer. De onde veio ele? Persistia em sua prece imóvel e não encontrava a luz. Passou então a nomear os demônios, culpando primeiro o editor dos jornais, depois a mulher que lhe sorriu lá fora, também o autor do insulto escrito no muro e o velho proprietário do hotel. No fim das contas, posto que em verdade nada havia mudado desde que ali se instalara, ninguém pareceu ser o mensageiro das trevas. No momento em que começava a recair sobre ele um sono reconfortante, veio em socorro, como uma revelação divina, este indício: o pecado era fruto do seu próprio corpo e estava ali desde sempre, à espreita, aguardando o sinal maligno para desnudar-se diante de sua consciência. E quando compreendeu, prostrado a seu modo, que todo pecado é simplesmente o reconhecimento do mal, a macular a consciência de todos os homens, o reconhecimento que precede o arrependimento, lembrou da imagem do pai pendurado no sobreiro e não conseguiu calcular o tamanho da culpa que o perturbava.

V. SE OS JEITOS TREINAS AMIÚDE, TODO O MUNDO TENS À PORTA

Quando as circunstâncias da época trouxeram os pais a essa província ainda jovens e recém-casados, foram instalados em uma das choupanas que havia na afortunada propriedade de um tal Barão, homem afamado mais pela alcunha que pela pessoa – desvio que separava os seus lavradores entre os que se divertiam fomentando maledicências, grupo ao qual o marido pertencia, e os que, temendo que se tornassem um dia lendas dignas de alcançar os ouvidos sagazes do patrão, empenhavam-se contra a repercussão dos boatos, defendendo estarem a amanhar terras de um fazendeiro ali pouco visto porque metido em questões políticas mais relevantes, que aliás interessavam também a outras gentes. Que era rico, podia-se inferir da extensão das terras e da quantidade de empregados; se era engajado, porém, ninguém podia garantir.

Em pouco tempo, o marido adquiriu hábitos que lhe imprimiam feição distinta dos demais lavradores, semelhantes aos dos capangas que guardavam o lugar – não apenas os hábitos da lida como também os das exibições. Dia e noite, sobretudo quando não era necessário, dava-se a ostentar um cinto de reluzente fivela prateada, cravejado de pontos de metal do qual pendiam, de um lado, o facão, e do outro, a algibeira. Integrava-se naturalmente a quaisquer ajuntamentos que oferecessem ensejo para introduzir os seus relatos de valentia ou audácia, com mais exagero quando referia a abates de animais ou desmoralização de apostadores trapaceiros, mantendo sempre os olhos escondidos sob a aba do chapéu para conferir um pouco de mistério às histórias. Se muitas delas soavam absurdas ou pitorescas, os feitos vistos, porém, eram notáveis. E tinha já os seus métodos treinados e testados, como podiam testemunhar os que o viram muitas vezes deitar ao chão frutas e animais, em uma mesma ocasião, sem nenhum instrumento além da brita que levava na algibeira – talhada, tão justa, especialmente para as suas mãos. Se o desafiassem, pedia licença e, não mais que quinze minutos depois, retornava trazendo frutas intactas e aves com cabeças despedaçadas, a dar provas das habilidades tanto com selvagerias como com delicadezas. Alcançou assim a proeminência – pela serventia das mãos, sem embargo das farofas na boca. Quando isto chegou ao conhecimento do patrão, veio ele visitar a propriedade e, a pretexto de inteirar-se das condições da lavoura, pediu que lhe apresentassem o bom empregado, a quem saudou orgulhoso:

— Ei, filho, então tens matado as galinhas assim no pedregão?

— Vem e te mostro, patrão, agora mesmo.
— Não duvido, ora, e meu tempo é pouco. Vem tu comigo.
Os dois seguiram para a edificação onde se achava o escritório e, podendo tratar dos negócios, o fazendeiro retomou:
— Filho, vê, tens qualidades, sabes?
— Olha...
— Vê, não tem o que aconteça neste mundo que eu não fique sabendo hoje ou amanhã... aliás, tens a boca aberta – o patrão dizia isto enquanto se agachava para procurar algo sob a mesa, provocando a curiosidade do outro. Não encontrando nada, endireitou-se e continuou:
— Mas tanto sabes a lida como tanto te aproveito a valentia. Tu deixas agora mesmo a lavoura e desde amanhã cedo vais vigiar com os capangas. Fica entendido?
— Está dito!
Deram-se as mãos para validar o combinado, e o bom empregado e bom marido saiu revestido de uma inesperada sensação de contentamento. Cruzando o sítio em direção à choupana onde o esperava a mulher, sentia-se como o invisível torvelinho estimulado desde os muros orientais por um *uchiwa* de delicadíssima pele de pêssego, a levar o sol e deixar estrelas diante dos olhos cansados dos trabalhadores que naquele momento encerravam a faina.

Foram raras as vezes em que retornou trazendo o espírito mais leve do que as botas, com sorriso e sem palavras. Embora não pudesse sequer imaginar, trazia consigo o espírito ideal, porque mais compatível com esse outro universo, distante, onde a mulher exilou-se com as linhas e agulhas das costuras, depois que a primeira gravidez se desfizera dentro dela... e não voltou. Agora, porém, quando o marido se aproximava cheio de cálculos, ela adivinhou alegrias na casa e aceitou o seu quinhão, para só depois, durante o jantar, tomar conhecimento do motivo.

VI.
NÃO CHORE, VIOLADO, O TENRO SER

As alegrias daquela noite foram mal calculadas por ambos, e multiplicaram-se de tal modo que, no tempo da natureza, finalmente nasceu a Manoela. A pequena tinha uma graça de anjo, não emitia nenhum ruído, o único indício de estar viva era a fome inadiável. E ao seu sinal a mãe correspondia com sublime paciência: "Ai, minha filha, vem", tirava-a do berço, alimentava-a e a devolvia em seguida. Não percebia mais as horas do dia, que antes iam arrastadas; visitava a menina inúmeras vezes – se não para as obrigações, para levar ao quarto as canções das costuras, a regar a cria, cantarolando baixinho, introduzindo nelas sustenidos despropositados, desafinava e sorria, como se com tal estratégia estivesse a ludibriar o tempo, debochar dele, contá-lo com um método próprio, conferir-lhe alguma irregularidade muito sutil, a prolongá-lo de algum modo para poder desfrutar mais as graças do seu anjo mudo. Sempre havia motivo para as visitas. Eram cerimônias brevíssimas, intermitentes, discretas que, entretanto, conformavam todos os detalhes da nova vida, da qual o pai participava auxiliando a seu modo, nas horas de que dispunha depois da lida, trazendo fragrâncias de todo tipo, presentes às suas mulheres, retratos em molduras, cortinas, tapetes e outros tecidos macios cuja utilidade, além da maciez agradável, ele desconhecia, pregando ele mesmo todos os detalhes nas paredes, no chão e no teto.

Certa noite, durante o jantar, perceberam que o ventre estava feito para tantos filhos quantos Deus pretendesse para aquele lar, então, com uma urgência que não era urgente de fato, reforçaram os revestimentos e, nos fundos, acresceram um quarto, de modo que, alguns meses depois do nascimento de Manoela, já não se via ali a choupana, mas uma casa de aspecto menos rústico.

Manoela ensaiava já os primeiros ditos sem sentido, encorpara e firmara as perninhas, com as quais, uma manhã no inverno, foi ver o sol a primeira vez desassistida. Quis sentir no corpo, gelados, as frutas mortas no chão, o orvalho sobre elas, as cócegas do mato e dos insetos, as ferramentas do pai, inutilizadas ao pé da porta, e a leveza dos tecidos convalescentes no varal, tudo de que podia certificar-se, com os seus próprios sentimentos, no imenso território que se estendia a partir da casa. Uma galinha atravessou e foi ao pomar, onde ficou a ciscar e bicar o chão, e Manoela foi fazer-lhe companhia. Havia um som novo, das águas que corriam dentro ou atrás da plantação. Não se sabe se foi por causa dessas águas que Manoela decidiu iniciar ali o seu próprio universo, um apenas para ela e a galinha, que lhe lançava as asas contra as costas, cuidando para que não a magoasse. E a menina ria e, instintivamente, remexia a terra como a abrir um caminho na direção do córrego, despedaçava minhocas, arrancava o mato que a sua força pouca permitia, coçava-se com ele nas picadas dos insetos, ria e resmungava, e a galinha a atrapalhar, lançando asas, ciscando e bicando sobre o novo caminho, às vezes atingindo as mãozinhas. A mãe aparecia, pensava "Cuidado, filha", e a deixava ali na santa paz, que Deus a protegesse. Foi assim que ela construiu o seu próprio mundo, vigiada pela mãe, que ademais persistia na dedicação às costuras, e à revelia do pai, que exercitava com os capangas a valentia e o falatório. Eram já três mundos orbitando em torno da casa, cada um com o seu próprio tempo, aproximando-se ao anoitecer e distanciando-se ao amanhecer, sem nunca se encontrar.

Houve um dia em que, sentindo estar a carregar o Florindo no ventre, a mãe passou a manhã longe das costuras, inventando afazeres, inteira tomada pela felicidade. Manoela brincava com a galinha quando, inesperadamente, surgiu o pai a descobrir o seu mundo. Ele entrou manifestando preocupação à mulher, que a galinha podia bicar a filha nos olhos, e foi servir-se do café que sobrava na cozinha.

— Está quente! – Anunciou e sentou-se.

A mulher sorriu e veio sentar-se também, com o anúncio que era importante:

— Temos outro filho! Não é uma benção?

Beijaram-se, abraçaram-se, falaram-se, depois ela retomou os afazeres e ele saiu a lavar as ferramentas. E gritou:

— Mulher, essa menina aqui!

— Deixe que brinque, ora!

Ele resmungou, a galinha tão próxima da filha o incomodava. Não assistira a mesma cena antes, não podia ver ali uma amizade, senão um perigo, e passou a lavar as ferramentas sem tirar os olhos dele... Gritou:

— Vem, filha!

Ela não veio, continuava a remexer a terra e enterrar carcaças de laranjas. Gritou, então, para a galinha:

— Sai, desgraçada!

A galinha, como a filha, não deu bola, continuou ciscando, bicando, lançando as asas contra ela. O pai finalmente decidiu prover salvação, e de um ímpeto tirou a brita da algibeira e lançou – sem refletir, porém, que não podia haver ali nenhum heroísmo, porque no mundo da filha não existia o mal, a requisição nem a crítica.

Contam-nos as letras argentinas de um certo Jaromir Hladik, de sangue judeu, que, em 1939, foi condenado ao fuzilamento, *pour encourager les autres*. A morte ocorreria às nove horas da manhã do dia vinte e nove de março. Na noite da véspera, o condenado pediu a Deus mais um ano, e foi atendido. No átimo entre a última ordem e a execução dela, o universo se deteve. Diante das armas apontadas pelo pelotão, Hladik via um mundo paralisado. Não havia mais mundo, exceto o seu pensamento. Um ano se passou assim, ele em pensamentos, e morreu no dia preestabelecido, às nove horas e dois minutos da manhã.

Aqui, no mundo real, o pai experimentava sensação oposta: durante o percurso da brita, os três mundos persistiam, exceto o seu pensamento. Ele observava tudo com os olhos imóveis, tudo se movia diante deles. Nada mais podia ser feito, os tempos dos três mundos estavam perfeitamente alinhados, e no átimo antes de a brita despedaçar a cabeça da galinha, inundou o pai uma angústia sem qualquer finalidade.

Foi certamente o horror da cena que trouxe para a casa uma tristeza jamais compreendida nem reparada totalmente. Manoela não voltou mais ao pomar e não desejou revelá-lo ao Florindo. Cresceram juntos inventando brincadeiras que se ajustassem aos cantos da casa, a mãe continuou feliz em seus hábitos, o pai abandonara a algibeira, levando no cinto apenas o facão, e, no fim do dia, vinha auxiliar a mulher a seu modo, agora com ainda mais cálculos. Os anos passaram a correr assim, e por último veio o Nazaré, que, tendo descoberto os indícios deixados por Manoela, ouviu a primeira vez o som das águas no pomar e iniciou a partir dali o atalho para a desgraça do pai, cujo último contentamento foi ter pintado de amarelo o quarto novo, onde não entrou mais desde então.

VII. A MORTE, ILUSTRE SOMBRA FUGITIVA, ESPERA EM TODA PARTE

Quando o pai aceitara a proposta do Barão e se juntara aos capangas, a morte foi logo intrometer-se nos assuntos da fazenda, estabelecendo imediatamente os seus secretos planos de desgoverno e postulando a atenção de todos os seres que habitavam a região. Foi uma ambição perversa que pôs fim à amizade entre a Manoela e a galinha.

Alguns anos depois da morte da galinha, quando o Nazaré e o Florindo adivinharam as acerolas e os sobreiros que havia mais perto do horizonte, na outra margem das águas que corriam detrás do pomar, e desembaraçaram o atalho até lá – atalho que já perdeu toda utilidade e não mais existiria se não fosse irreversível, tal como as pirâmides –, a morte passou a residir aí, fazendo dele o caminho pelo qual o pai, ao receber ordens para dar cabo de cadáveres de ladrões pegos nas madrugadas, entregava-os à sede daquelas águas. Ora, o que nos mantém distantes da morte é a indiferença aos caprichos dela; e quando o pai se deu conta da brutalidade desse encargo assombroso, estava a morte no atalho a sorrir e acenar como uma amiga; e foi amiga dele durante alguns anos, fazendo-lhe companhia todos os dias, bebendo com ele, entristecendo o seu rosto de tal modo que, em pouquíssimo tempo, tornou-se ele um rosto duro e seco, como o resto do corpo.

Do mesmo modo, o desejo sobre a tua mesa e a tua cama; a solidez do chão sob os teus pés; o brilho e as fendas nas cerâmicas que revestem a tua casa; os degraus da escada; as lombadas, as páginas e as tintas dos livros; a espiral dos cadernos; a geometria das estantes, das portas e das janelas; o silêncio das toalhas dependuradas; a hostilidade e a alegria dos encontros fortuitos; a violência e a mansidão, impensadas, dos animais; o sono alongado das crianças, dos velhos, dos túmulos e dos cofres; o fresco suor das camisas; a paralisia das celas e das jaulas; o metal dos títulos e das patentes; a autoridade das bandeiras; a circunferência das hélices, das lentes e dos astros; a fileira dos postes e a cor escura do seu lodo; a lágrima que, movendo-se, acentua a palidez do espelho; o calor dos incêndios; o sem-fim dos oceanos e da escuridão e da luz sobre eles – tudo quanto possa arder e abundar diante da delicada lâmina de teus olhos, toda matéria, visível e invisível, toda ciência tocada e sentida, toda beleza, toda existência, isso tudo não é senão a cortina atrás da qual se esconde a morte implacável. E quando a cortina se abre, eis aí – quem havia de saber? – o desengano ao qual atribuímos a fragilidade da vida.

VIII. DEPOIS DE TUDO A PRIMAVERA, DE AROMAS, CORES, CAMPOS VASTOS

M uitos acontecimentos inspiraram as cores e os odores da última primavera. Era como o espetáculo de uma trupe que tivesse falhado nas outras estações e, de súbito, abrisse finalmente as suas portas ao público ansioso. Os filhos dos trabalhadores, tão habituados a brincar sobre aquelas terras, observavam a colheita das hortaliças, viam frutificar os pessegueiros, as laranjeiras e as bananeiras; perseguiam as galinhas que cacarejavam e corriam sob a imensidão do céu; avistavam ao longe as águas que seguiam em seu curso natural, tremulando na superfície, refletindo a luz do sol, deixando-se empurrar pela brisa morna.

Nesses dias, Florindo redobrou os preços do produto da lavoura, estendeu o tempo na cidade e viu os seus rendimentos multiplicarem-se formidavelmente.

Foi em fins dessa primavera que Nazaré se convenceu de que a mãe em breve sucumbiria aos galanteios do Barão. Este, segundo o que o irmão lhe contava, ocupara-se nos últimos meses despejando sobre ela promessas infinitas, que se entrelaçavam delineando a amplitude de um casamento próspero, acentuando sempre o respeito que nutria pelo finado marido, que "por tanto tempo empenhou-se", reconhecia, "empregando as suas habilidades mais notáveis, pelo bem de todos".

Desde o instante em que se defrontara com a morte do pai, Manoela embriagava-se, até a exaustão, das ilusões que exalavam de seus livros, à maneira de um náufrago em alto-mar. E foi neles também que acabou encontrando a ilha onde vive só e da qual não quer partir. Quando Nazaré vinha visitá-los, encontrava todos os motivos para a felicidade coletiva, e comovia-se com o luto eterno e solitário da irmã. Encontrava-a em seu quarto, ela voltava-lhe um olhar vago, liberto por ele de uma espécie de concentração assombrosa. Manoela tinha uma beleza que se aperfeiçoava dia após dia e que, no entanto, ela se empenhava em sonegar às tentações da juventude, ocultando-a ao mundo. Parecia certo que aquele aposento lhe servia apenas como outra camada dessa máscara inexpressiva, e essa dissimulação, pensava o irmão, beirava a loucura. Eles conversavam, e quando era questionada sobre os planos para o futuro, ela respondia com um sorriso indolente: "Quem pode saber?"

IX. EM TODO TEMPO A INDECISÃO PRECEDE O PASSO

A confeitaria oferecia um ambiente familiar para um passante que, estando a trazer na cabeça uma recordação de Havana, parasse a estudá-la antes, da esquina. Sem qualquer esforço de associação, pensaria tratar-se de uma pequena charutaria que tivesse vencido os séculos. Constituíam a sua face uma porta estreita e uma vidraça larga, o reforço das colunas e das vigas a mantinham de pé em nosso tempo. Por fora, o ponto mais luminoso da cidade – era o que atestavam, com ironias, os frequentadores que vinham com o crepúsculo; por dentro, o próprio crepúsculo imobilizado. Não havia luz em excesso, apenas o suficiente para quem estivesse ali a defender-se das agitações cotidianas, e era isto que explicava também as quatro mesas dispostas no pouco espaço disponível. Ouviam-se boleros e tangos, e essa particularidade servia de mote a todas as conversações. De tudo isso sabia bem a atendente, que nunca se deu a certificar-se, mas acreditava. Uma moça atraente, mas de olhos muito tímidos, que, antes de qualquer mínimo sinal de atração, inspirariam pena em quem a observasse a primeira vez, e cujo desejo mais sincero, por muitos anos mantido em sigilo, quando não podia imaginar que levava em si a fera que domara com um esforço dolorido, era o de que o Florindo tivesse reparado no amor que bramava dentro dela. No dia em que chegou ao seu conhecimento que o moço havia se casado, instalou sobre o balcão um copo alto e largo e encheu-o de pétalas arrancadas de flores variadas, a fim de calar, em si, o seu amor. Não que prestasse atenção nelas – de fato não reparava que enquanto se dedicava às suas tarefas, ficavam as pétalas ali no copo a ressecar. Mas, quando percebia, a moça colocava flores novas, que também ressecavam para dar lugar a outras. Era assim que ia interagindo com o tempo, sem ter consciência da mútua intransigência. Depois de alguns anos, o amor finalmente ressecou com um dos lotes de pétalas, e nem mesmo ela podia dizer quando foi que isso se deu, diria apenas que foi há muito tempo. Ainda hoje mantém a solenidade, porque o hábito é exigente com as substituições, embora os detalhes tenham se diluído num passado já remoto.

Ficava o copo interposto entre o seu lugar no balcão e a mesa onde, por costume, sentavam os irmãos Florindo e Nazaré; e agora, estava de pé a observar, distraída, o copo, a mesa e, depois dela, a rua através da vidraça, pela qual se aproximava o caçula, vindo da esquina onde o táxi o deixara para que ele a trouxesse de volta à vida. Nazaré entrou, saudou-a, depositou o livro sobre a mesa e pediu dois cafés, que ela foi preparar com o carinho que manti-

nha reservado para os irmãos. Florindo entrou e sentou-se em seguida, iniciando com os jeitos herdados do pai:
— Como vais, hein, Nazaré?

O caçula respondeu com os olhos que ia bem, e voltou-os para a atendente, que vinha servi-los, depois retornou à conversa com o irmão:
— E tu?

A moça deixava as xícaras exercitando uma delicadeza demasiada, aparentava querer impedir o ruído inevitável ao choque das louças. Quando terminou de servi-los, passou as mãos pela toalha, a aproximá-la da perfeição, pediu licença e voltou para trás do balcão. Nazaré sorria para a sua xícara. Florindo retomou a conversa:
— Se casas mesmo, as outras morrem para ti.
— E quem não sabe?
— Ora! Estás seguro? – Florindo dizia isto se referindo à ocasião em que conversaram sobre o plano do casamento e o irmão manifestou incertezas. — Hein?
— Está quente!
— O café?
— O café!
— Vem-se pelo café e pelo Gardel.
— E o Aníbal.
— E essa aí no balcão.

Um frequentador antigo entrou, saudou-os e foi ao balcão pedir a primeira dose de uísque. Nazaré perguntou:

— Como está a mãe?
— Muito que bem. – Respondeu o Florindo – Por aí com o Barão.
— Tanto que o pai cuidou daquelas terras...
— E quem podia imaginar que ele cuidava era para a mãe? Hein, meu irmão?
— Que ela fique lá é certo, ora, se vai ajudando nos negócios e cultivando o amor nas terras do patrão. Mas, e tu?
— Fico também, continuo na lavoura. Agora que é época.
— Para tu, não há tempo que não seja época. Queres é morrer na fazenda.
— Morro lá com a mãe e a Manu. Você é que devia sossegar. Tens de ter certeza, Nazaré.
— Só há certezas no passado, como a mãe diz. Para o futuro, o que temos é fé.
— Muito que bem. És homem.
— Se vais bem, se a mãe vai bem, eu é que não vou mal.
— Não, vais bem... Manu é que não sei se casa, acho que nunca.
— Um dia casa. Quero ver se aparece por lá outro bom barão.

Nazaré sorriu e virou-se para a atendente, pediu-lhe mais dois cafés. Florindo fez menção dela:

— Moça de casar é esta.

Nazaré virou-se uma vez mais, correu os olhos pelas costas dela desde o pescoço e assentiu:
— E é daquelas.
— É. O pai que ia gostar. Lembras?
— Não lembro. Quê?
— Das raparigas que iam com os capangas.
— Não lembro. E que tem a ver as raparigas com a moça?
— O pai ia gostar. Foi o que eu disse.
A atendente vinha com os cafés. Deixou-os com a mesma graça e retornou para o balcão. E Nazaré, com alguma irritação:
— Tu falas primeiro que é moça de casar, depois mete raparigas no meio...
— Isto que é bom, Nazaré, uma moça de casar com raparigas dentro – disse Florindo com um riso inoportuno.
Nazaré não viu razão para levar adiante um assunto tão despropositado e deu outro rumo à ocasião:
— Eu é que precisava de uma conversa com o pai.
— Isto é que não é possível.
— Quê? Tens cérebro para falar sério?
— Ora, Nazaré, esquece o pai! Nós todos chegamos até aqui e a vida continua.
— Falas como se não pensasses.
— Penso! Ele é que se entregou e nos deixou com a mãe.
— E por quê?

— Nazaré, vê, não há nada que dizer. Se levas isso adiante, como é que cuidas de tua família? Do pai, Deus é que cuida. Você, da família e da fé. Ou não casas amanhã.

— ...

— Ó o Gardel! Escuta.

Nazaré cedeu, não quis insistir, a vida havia de continuar e em torno dela todos os mundos e todos os tempos. Em algum lugar, no futuro, estariam todas as respostas, e não havia urgência nenhuma dentro da confeitaria – era evidente que não, pois se houvesse o Florindo não estaria a despedir-se, não estariam a se abraçar como dois irmãos, sabendo que voltariam a se encontrar amanhã, na noite planejada por todos. Viu-se novamente sentado, só, a sorrir observando as luzes do mundo que havia depois da vidraça. Virou-se, outros frequentadores dividiam a atenção da atendente, conversavam alto, riam, bebiam, pediu o café derradeiro, com pão, essa massa que atravessou milênios para se pôr ali, a fermentação miraculosamente estancada, a dar mais sentido às tarefas da atendente, que sorria, e demorava-se, e preparava o café, e passava a manteiga, e acendia o fogo, e dizia "está quase pronto, Nazaré", e ele respondia "obrigado", e ela se aproximou, demorou-se na vã tentativa de depositar o café sem provocar ruídos, depois deixou o pão, e então passou novamente as mãos pela toalha, e disse "pronto" e voltou para trás do balcão.

Quando terminou, Nazaré levantou-se e foi pagar, a moça se atrapalhava com os cálculos. Ele se permitiu cobiçá-la verdadeiramente, pensou nos bons momentos que poderiam desfrutar juntos aquela noite, fez-lhe promessas impossíveis, jurou-lhe amor sincero, não sabendo que ela vivia em um tempo diferente, que fez morrer dentro dela o único amor que cultivara.

X. O FINAL É TAMBÉM PRINCÍPIO E A ETERNIDADE É RECOMEÇO

Querida mãe:
Escrevo-te porque és vida, és fôlego, és esteio, és o eixo desta escrita. Isto é o que és para mim e meus irmãos. Isto é o que tu eras também para o nosso pai, que decerto descansa em paz. És a nossa casa, mãe, o nosso reino, a nossa biografia. Pórtico pelo qual toda partida é definitiva. E um dia parti, imperito, para lugar nenhum. Naquela tarde, em teu adeus, quanta dor havia? Abandonei o nosso reino de fantasias, cujos caminhos de terra batida mantinham reservados para mim, para Florindo e Manoela perigos que não eram senão dois ou três dragões imaginados, vencidos por nós mesmos e por nós mesmos ressuscitados, nas tantas epopeias que a ti contávamos, em nossas noites secretas, enquanto o pai não vinha. E no princípio, no meu lugar nenhum, nas minhas noites solitárias e sempre improvisadas, em vez de batalhas com dragões concebi em meu cérebro prodigioso as mais precisas engenharias: primeiro formulava teorias incríveis a partir de raciocínios nunca antes revelados aos gênios, então pregava no silêncio soturno dos céus projetos ambiciosos, e finalmente iam se estendendo ao meu redor planícies e desertos, rios tranquilos e mares revoltos,

tudo a partir de minhas teorias, mãe, e a partir da minha matéria original faziam-se fronteiras e mirantes, nas minhas águas passaram a navegar cem mil embarcações de todos os tipos, conduzidas por exploradores destemidos, vestidos como heróis, e iam eles, de mar em mar e de terra em terra, estabelecendo entre si as regras para os comércios de tudo, sempre testemunhados por garrafas reluzentes de vinho que, ao final do dia, eles esqueciam nos mourões dos trapiches. Nas minhas primeiras noites, as frias e também as calorentas, eu concebia logo novas tecnologias e, graças a elas, saía a profetizar a construção de edificações magníficas, a instituição de impostos, leis e tribunais, e o surgimento de escolas, profissões e ferramentas com que trabalhar. Fundei povos, línguas, comunidades, cidades e nações inteiras, muitas nações, mãe, tantas e tantas que não cabiam nem mesmo na minha galáxia imaginária. Venci outras tantas batalhas épicas, porém muito mais complexas, em que, não podendo contar com a lealdade inquebrantável de meus irmãos, eu me designava o líder onipresente e onisciente de todos os povos e de todos os guerreiros que lutavam (e por ser o senhor dessa estratégia eu mesmo nunca saía derrotado, embora muitas vezes gravemente ferido por uma adaga ou espingarda). Tudo, eu sabia, eram apenas os sonhos, mas, por isso mesmo, tudo era possível ainda que não houvesse no mundo espaço nem tempo, eis que de fato tudo isso ocorria num tempo por mim não percebido, entre eu ter adormecido e ter despertado no meu lugar nenhum, que no princípio era a soleira da porta principal do teatro municipal. Eram aqueles sonhos o lençol ilusório que eu levava comigo. Sabes? Que falta fazia, mãe, o perfumado, uniforme e resistente tecido dos nossos lençóis! Pois os meus sonhos não passavam de retalhos de um lençol poroso que falhava em proteger e era pródigo em enganar. Todos os meus sentidos convergiam para a saudade dos teus braços de veludo, que são para este seu fruto o lençol mais colorido. Agora, abandono essas distrações inúteis, que a essa altura a minha vida, tu bem o sabes, está pronta e hei de me casar, já não há tempo para os sonhos tolos. O que eu digo agora é importante. Hoje de manhã, vi-te alegre numa janela. Era uma senhora toda feita como tu e ela acenava para uns passantes. Vistes como o dia estava lindo? E o que mais importa, nas manhãs limpas, senão as suas cores vivas? Mas não havia cor nenhuma na imagem fortuita em que eu te via. Percebes, mãe, como todos nós somos feitos mais das ausências? Que cores eram aquelas que se omitiam? Que tintas podem ser mais tristes? Mais tarde, fui ter com o Florindo. O que eu, eu, mãe, o pintassilgo de timbre singular e por tantos anos silenciado, deixo aqui é o meu testamento verdadeiro, o meu canto secreto de amor por ti. Houve, nesta cidade, dias muito duros para mim, em que blasfemei dizendo que todo chão que eu pisava era mais árido que a disciplina de teus joelhos devotados, com que o abençoas, também ao alimento, em tuas preces diárias, às seis, às doze, às quinze, às vinte horas, a última à meia-noite ao pé da cama (há repouso em tua cama, mãe?). Eram dias em que eu não podia saber que tu carregavas e ainda carregas consigo todos os pecados: os teus, os meus, os de meu pai e os de meus irmãos. Estou certo de que tens sobre a tua cabeça, tens dentro de ti todos os nossos erros, e eles são muitos, e renovam-se dia após dia, e são infinitos. Esta é, agora eu bem sei, a imensa carga que fere a tua alma, mas jamais a envergonha. E neste sumo sacrifício, que nenhum Abraão jamais conceberia e que oprime as tuas hastes e te esmigalha os joelhos, em teu quarto tu te humilhas, arqueias o dorso até que a face toque o chão, e uma vez mais te demoras rogando por todos nós, e perguntas pelo pai, e te levantas em seguida com o olhar misericordioso e a aflição represada dentro de ti. Foi assim quando velamos o último pecado do pai e só tu conhecias o motivo. Guardastes em ti os demônios mais terríveis, sofrestes também o sofrimento do pai, alçou-nos, os teus filhos, ao arrebatamento que nos manteve distantes dos pecados que rondaram a nossa infância. Mãe, do seu amor nasceram outros amores, e a nossa Manu ainda é para mim um verso de inexplicável ternura, muito embora lhe tenham sido roubados os chocolates.

Este livro foi composto em Minion Pro
e impresso em papel pólen bold 90 g/m²,
em outubro de 2020.